LES CHOIX

CATHY MARTINS

LES CHOIX

1ère édition

Brésil

Édition de l'auteur

2022

Copyright © 2022 par Cathy Martins

Tous les droits sont réservés.

Couverture et édition
Ana Catarina Menezes Martins de Oliveira

Photo de couverture
Joao Paulo Andrade

Martins, Cathy

Les Choix/ Cathy Martins – Bésil: Édition de l'auteur. 2022

ISBN : 9798835658800
I. Littérature brésilienne. Romance.
II. Littérature érotique.

DC: B 869

Contact:cathy.martins@outlook.com

Facebook et Instagram :@anacathym

Publié au Brésil

MAÎTRISONS-NOUS LE DESTIN ?

AMOUR OU DEVOIR ?

LES DOUTES...

PRÉFACE

À l'époque médiévale, après la guerre des fous, la femme du roi Mika meurt et le royaume de Freyya est désolé.

N'ayant pas le choix, il décide de conclure un accord entre les royaumes de Freyya et Forseti pour protéger son trône et sa fille d'une menace imminente.

Confrontée à des accords, des morts et des trahisons, la princesse Sabrina se retrouve au milieu d'un choix qui peut sauver ou tuer - pas seulement elle, mais tout le monde.

PROLOGUE

Vous êtes-vous déjà arrêté pour réfléchir à ce que serait l'amour ?

J'y pense toujours et je comprends que l'amour est tout ce que nous faisons pour quelqu'un et que nous ressentons. Mais pourquoi est-ce que je me sens coupable d'aimer quelqu'un ?

C'était censé être quelque chose de bien, me faire sentir une peau toucher l'autre avec la même intensité et la même chaleur que le soleil touche mon corps. Me donner la chair de poule, me faire rougir le visage et me permettre de ressentir la liberté lorsque le vent touche mes cheveux.

Me faire sentir.

Mais l'amour tue-t-il et lie-t-il ?

Je ne comprends pas de quel genre d'amour il s'agit.

Je sais que les gens aiment de différentes manières, mais je pense à quel point tout serait simple si nous aimions de la même manière.

Arrêterions-nous d'être uniques ?

Alors là, je vous raconte mon histoire. Ça va sonner cliché, je sais.

J'oublie presque Destiny, mais c'était un choix
ou était-il déjà prédestiné que je l'oublierais presque ?

Ce sont les choix qui nous font ou les faisons-nous ?

Avez-vous déjà entendu dire que c'est 50 % de choix
et 50 % de destin ?

Mais est-ce que ça veut dire que...

CHAPITRE 1

Pourquoi devrions-nous nous marier ?

Je comprends que les royaumes doivent s'unir pour devenir plus forts, mais je pourrais au moins choisir qui épouser. Ma vie coule entre mes doigts comme un ruisseau où je me noie toujours.

Nous sommes dans la salle à manger et mon père dit que mon futur mari arrivera demain. Je lui demande la raison pour laquelle il n'a pas été averti au préalable et la réponse est la suivante :

- C'est pour ton bien. il a répondu.

- Pour mon bien ? Tu dis toujours ça quand tu fais quelque chose sans me consulter. je demande avec colère.

Il a juste hoché la tête oui.

- Père, tu n'en diras pas plus ?

- Que veux tu que je dise?

- Je veux que tu me dises pourquoi je dois me marier. Après la mort de maman, tu continues de me cacher des choses.

- Je t'épouse parce que je suis vieux, et quand mon heure viendra, je mourrai en paix en sachant que quelqu'un prendra soin de toi.

- Ai-je la possibilité de me retirer ? je demande sarcastiquement.

- Malheureusement non. Je suis désolé, Sabrina. - Des larmes coulent de ses yeux.

- Bonne nuit Mika. - Je me lève.

- Un jour tu comprendras ma fille.

Je sors de la chambre et vais directement dans la chambre d'Agatha, elle seule peut m'aider à comprendre mon père. Je cours dans sa chambre, frappe deux fois à la porte et elle l'ouvre. Elle est si belle avec ses cheveux noirs tombant sur ses seins nus.

- Êtes-vous fou? dis-je en entrant et en fermant la porte.

- Détendez-vous, princesse. Je savais que c'était toi. - dit-elle en riant.

Elle m'attire et nos lèvres se rencontrent avec une férocité qui donne l'impression que nous sommes séparés depuis des années. Agatha commence à me déshabiller, défait la dentelle de ma robe tout en m'embrassant. Ses lèvres humides touchent mon cou alors que je retiens ses cheveux en arrière. Mes lèvres essaient de toucher sa peau, mais elle me jette sur le lit, et je réalise que je suis déjà presque nu.

Debout devant moi, la lune illumine les courbes de son corps, me permettant de voir l'éclat de sa peau pâle, ses seins dodus de désir, et son regard demandant mon toucher.

- Enlevez la robe. – elle ordonne.

- Que reste-t-il, Mlle Gullveig ? - Dis-je en suivant vos ordres.

Agatha commence à embrasser mes pieds et remonte lentement, il fait si froid que lorsqu'elle touche ma peau avec ses lèvres chaudes je frissonne encore et encore. Elle embrasse alors mon sexe et je sens ses lèvres froides.

-J'ai trouvé quelque chose de chaud en toi, Sabrina.

Une vague de chaleur parcourt mon corps alors qu'elle me prend avec sa bouche. Sa langue fait des mouvements circulaires alors que son toucher chaud trouve mes seins. Je lisse ses cheveux et la regarde en bas. J'atteins la limite et je gémis, elle place une de ses mains sur mes lèvres, me faisant taire pour que personne ne puisse nous entendre.

Je commence à me balancer dans sa bouche à un rythme rapide, et elle me pénètre avec deux doigts alors que ses lèvres rencontrent enfin les miennes.

- Viens pour moi. Elle murmure à mon oreille.

Mon corps obéit sans même demander la permission. Je viens dans ses doigts et mon corps se cambre alors que mon gémissement est étouffé par un intense baiser humide.

CHAPITRE *DEUX*

C'est le matin, je me réveille encore dans la chambre d'Agatha, je regarde autour de moi et je ne la vois pas. Je commence à m'habiller avant que quelqu'un n'entre et ne me trouve ici. Je sors vers le jardin. Quand j'arrive, je m'assieds sur une balançoire sur laquelle ma mère était, du moins c'est ce que dit mon père.

Je commence à me souvenir de la première fois que j'ai rencontré Agatha, nous étions des enfants de 8 ans, sa mère l'a amenée et a demandé à mon père de s'occuper d'elle. Mon père me dit que c'est parce que son père est mort dans une bataille pour défendre notre royaume et que le moins qu'il puisse faire était de prendre soin de sa fille comme si c'était la sienne. Agatha a ensuite grandi avec moi.

Je me réveille de mes pensées quand je l'entends m'appeler.

- Sabrine ! - elle crie. - Tu dois venir maintenant, ton fiancé est arrivé.

- Mais n'arriverait-il pas la nuit ? Je demande.

- Arrivé tôt. Allons-y maintenant. Elle me tire par le bras.

Je descends rapidement de la balançoire et elle continue de parler alors que nous marchons vers le hall principal.

- Je ne peux pas, je suis encore mouillé. - Dis-je en la taquinant.

- Super, alors n'oublie pas que je suis le seul à te faire jouir. dit-elle et embrasse mon visage.

- Tu l'as vu? Je demande.

- Ouais. – répond-elle avec un petit sourire.

- Ce doit être un vieil homme ennuyeux, laid et petit. - Je commence à rire.

- Et vous pourriez être surpris. Je vois ton regard inquiet. - N'oubliez pas que je serai à vos côtés quoi qu'il arrive.

- Quoi de neuf? Tu m'inquiètes.

- Rien, suis juste ton coeur.

Nous arrivons dans le hall principal et rencontrons mon père, il me demande d'attendre une minute.

- Il arrive. - il parle.

- Je pensais que tu arriverais la nuit. - Je parle.

Je regarde sur le côté et le vois avec ses cheveux blond foncé en petites boucles. Vincent de Forseti. Sa démarche est lente et régulière, les formes de son corps grand et maigre définies par les vêtements noirs qui mettent en valeur sa posture chevaleresque et mettent en valeur sa bouche. Wow, quelle gueule. Il affiche un large sourire blanc qui correspond à la lumière de ses yeux vert émeraude qui m'hypnotisent d'une manière inexplicable.

- Bonjour, princesse Sabrina de Freyya. - Il parle d'une voix calme et séduisante en s'inclinant.

- Monsieur... - Je demande confus en répétant son mouvement.

- Prince Vincent de Forseti. – il prend ma main et la touche de ses lèvres chaudes – à votre service.

- Alors tu n'es qu'un autre conquérant de don Juan. Je regarde mon père.

- Sabrine ! – mon père me gronde.

- Désolé si je t'ai offensé – mes yeux se tournent vers Vincent – mais je n'ai pas l'habitude d'épouser quelqu'un que je ne connais pas.

Un grand homme brun aux yeux bleus, au visage large et à la silhouette musclée s'approche puis nous salue.

- C'est Martin Heimdallr - dit Vincent. « C'est mon chevalier et mon meilleur ami.

- Agatha va t'aimer. - Je parle.

- Salut Prince. Martin. - Agathe arrive et les salue.

- Donc, vous avez déjà rencontré. - Je dis.

- Oui, et Vincent n'est pas un don Juan conquérant, il est juste poli. - elle parle. - Excusez-moi, chevaliers, mais je demande la présence de la princesse pour quelques minutes.

- Elle part et je la suis. Nous nous dirigeons vers l'entrée du château quand Agatha s'arrête et parle.

- Pourquoi es-tu nerveux?

- Je ne suis pas. - Je réponds.

- Oui je te connais. Et j'ai vu la façon dont tu regardais ton Prince.

- Ce n'est pas mon prince. Et je le regardais normalement.

- Non, tu l'as regardé comme tu me regardes. — Elle s'approche un peu et chuchote — Tu n'as pas besoin d'avoir peur de la sensation ou d'avoir honte de me le dire. Je t'ai dit que je serai toujours là pour toi et je suis une femme de parole.

- Je l'ai regardé parce que tu l'as défendu. Un homme que nous ne connaissons pas et vous...

- Tu as senti la même vague d'énergie parcourir mon corps que lorsque nous nous sommes embrassés pour la première fois. – elle m'interrompt.

- Je me souviens encore de cette nuit – je sens ta touche chaleureuse sur mon visage – nos corps s'emboitèrent pour la première fois et nos lèvres se touchèrent en un air intense comme si nous dansions sur la même chanson. - Je dis près de ton oreille.

Nous sommes interrompus par Martin :

- Désolé de vous interrompre, mais le Prince Vincent attend Son Altesse. Il parle de sa voix ferme.

'Juste un instant...' Je regarde Agatha.

- Tu as besoin de temps seul avec le Prince Vincent - me dit-elle. - Ça ira.

CHAPITRE 3

Je suis Martin et rencontre Vincent. Nous traversons les salles du château et je remarque que nous nous dirigeons vers le jardin. Quand il arrive, Martin se retire et me laisse seul avec Vincent. Il est torse nu, sa silhouette définie et illuminée par la lumière du soleil. Sa poitrine est nette et lisse, malgré sa finesse, son corps a des muscles qui donnent vie à ses formes.

Une vague d'excitation parcourt mon corps de bas en haut, remonte à travers mon corps en resserrant mes seins jusqu'à ce qu'elle atteigne mon visage qui rougit.

- Tu es venu. Il dit et interrompt mes pensées.

- Ce que tu veux? - Je dis confus.

- Je suis curieux d'en savoir un peu plus sur vous. Il marche vers moi et ses yeux se fixent sur les miens.

- Ouais. — Je réponds en essayant de retrouver ma posture.

- Est-ce que ça va? — demande-t-il de sa voix calme et séductrice.

- Je suis. Pourquoi ne le serais-je pas ?

- Je ne sais pas... - Il se rapproche de plus en plus - Ton visage est rouge et je sens que ton corps réclame le mien.

Sa main trouve ma taille et rapproche nos corps.

- Je sais que tu me veux. - il continue.

- Mais je ne peux pas. – Je réponds en regardant son corps.

Il prend ma main et la pose sur sa poitrine nue. Je sens ton cœur battre plus vite et ton corps devenir de plus en plus chaud. Mes yeux se lèvent et se fixent sur sa bouche, quand je lève la tête, son regard croise le mien et je me sens hypnotisé.

Deux pas en arrière, Vincent touche mon menton et me dévore dans un baiser intense, nos langues se rencontrent et sa main droite remonte jusqu'à mon cou et mes cheveux. Nos corps entrent en collision avec le mur et se rejoignent en un seul me permettant de sentir son érection. Je place mes mains sur son dos nu, descendant lentement jusqu'à atteindre ses hanches.

Je laissai échapper un gémissement essoufflé alors que je sentais la chaleur de ses lèvres parcourir mon cou. Mon corps bouge pour réclamer le tien, nos hanches restent pressées l'une contre l'autre et mes mains remontent lentement jusqu'à atteindre tes épaules.

J'appuie ma jambe droite sur sa hanche et sens son sexe dur toucher le mien alors qu'il soulève ma robe...

- Désolé pour l'interruption. — un garde parle la tête baissée. « Mais Votre Altesse est appelée dans la salle du roi. - il se retire.

Nous avons rompu et nous sommes réunis. Alors que Vincent enfile sa chemise, je remarque qu'elle a des égratignures et je m'excuse pour ce que j'ai fait.

- Je suis vraiment désolé. dis-je à regret.

- Par lequel? - il demande.

- Ton dos. - Je fais une pause. - Il a des rayures.

- Ne vous inquiétez pas. Il sourit et s'approche. -
Détache tes cheveux. Votre cou est violet.

CHAPITRE 4

Nous nous sommes dirigés vers la salle du trône pour rencontrer mon père. Une fois sur place, Mika décide de nous donner des nouvelles qui vont tout changer.

- Tu dois te marier demain. – dit-il sans même nous laisser entrer correctement dans la pièce.

- Demain? - Vincent dit surpris.

- Mais quelle est l'urgence ? Je demande.

- Ma santé n'est pas bonne et je sens que mon heure approche. J'ai besoin que tu prennes le trône pour que je puisse t'enseigner tout ce dont tu as besoin pour garder le royaume entre de bonnes mains. — Mika répond.

Le silence envahit la pièce et nous sommes tous pensifs, alors je décide de parler :

- Tout va bien.

- Comment vas-tu? - Vincent dit surpris.

- Oui, je dois faire ce qu'il y a de mieux pour mon peuple, et si vous épouser signifie les sauver tous, je le ferai. - Je réponds.

- Mais c'est demain. - Il dit et met sa main sur sa tête en marchant d'un côté à l'autre de la pièce.

- Je pensais que tu étais venu pour faire ça. Y a-t-il quelque chose que tu veux me dire ? Je demande.

- Vous devez résoudre vos différends et vos affaires inachevées avant de vous marier, résoudre vos problèmes la nuit, car demain vous serez les dirigeants du royaume de Freyya. — Mika parle avec autorité et nous fait signe de quitter sa chambre.

Vincent s'en va et mon père dit :

- Ne laissez aucune influence extérieure entraver le destin de votre peuple. Le royaume dépend de vous.

- Oui, Mika. Je ne laisserai pas.

Quelques minutes plus tard, je sors de la pièce et décide de partir à la recherche de Vincent. En descendant le couloir, je passe devant la chambre d'Agatha et vois la porte entrouverte. Je décide de lui parler, mais je vois alors quelqu'un saisir ses hanches. Je connais ces mains.

Vincent.

Il l'attire dans un baiser fervent, tout aussi intense que le nôtre plus tôt. La douleur frappe le côté gauche de ma poitrine et l'angoisse me consume. Leurs lèvres se touchent comme poussées par l'instinct, ayant besoin du corps, du toucher.

Il déchire sa robe sur le devant, embrasse ses seins et les serre avec désir, elle gémit et il lui chuchote quelque chose à l'oreille. Elle déchire sa chemise et embrasse son cou en laissant une marque puis dit :

- Je veux que tu te souviennes de moi demain quand tu l'épouseras.

- Je pourrais t'épouser. - il parle.

Je me retourne, je ne peux plus rien regarder ni entendre. Ces mots m'ont coupé comme des couteaux de l'intérieur. Je m'enfuis et je ne comprends pas si ce qui m'a blessé, c'est ce qu'Agatha ou ce que Vincent a dit. Peut-être les deux, ou un seul. Je ne le cerne simplement pas.

Des questions commencent à me traverser l'esprit alors que je cours dans ma chambre et que je tombe sur Martin.

- Que s'est-il passé princesse ? - il demande.

- N'importe quoi. - Je réponds en ravalant le cri.

- Vous pleurez. Quelque chose est arrivé.

- J'ai besoin d'être seule. – Je le laisse seul dans les couloirs du château et vais dans ma chambre.

Quelques heures plus tard, je ne me suis pas rendu compte qu'il faisait déjà nuit et j'ai entendu frapper à ma porte.

CHAPITRE 5

- Sabrina, es-tu là ? – est la voix d'Agatha.

- Sabrina ? – répète-t-elle.

- Entre. - Je réponds.

- Sabrina ?

- Je t'ai envoyé ! - Je commande.

Elle entre et je vois de la peur dans ses yeux, mais rien comparé au regard sournois qui la consume et à l'odeur de sexe qu'elle a apportée en entrant dans ma chambre.

- Votre prince...

Quand elle s'approche, je lui donne une claque qui la frappe en plein visage.

Le silence.

Aucun mot n'est dit. J'entends juste le vent à la fenêtre.

Agathe baisse la tête.

- Regardez-moi. - Je parle.

Elle lève la tête et me regarde à nouveau dans les yeux.

- Il peut parler. - Je continue.

- Votre prince...- Je le gifle encore, cette fois plus fort.

Elle baisse la tête et je dis :

- Corrigez votre phrase.

- Le prince Vincent veut vous parler. Elle dit toujours
la tête baissée.

- Avant ou après avoir fait l'amour ? Je demande.

- Qu'est-ce que tu racontes? – demande-t-elle en levant
la tête.

- Ne fais pas semblant de n'avoir rien fait, j'ai tout vu.

Elle s'agenouille et me regarde dans les yeux.

- Pardonnez-moi, ma princesse. supplie-t-elle alors que
des larmes coulent sur son visage.

- N'ose pas m'appeler ainsi.

Toujours agenouillée, elle attrape ma taille.

- Et tu sais très bien que tes larmes ne me feront pas te pardonner. - Je parle. - Se lever.

Elle ne se lève pas et ne me serre plus, comme si elle ne voulait pas me lâcher.

- Je t'ai dit de te lever ! J'ordonne et la repousse loin de moi.

Je me détourne et la vois assise par terre. Puis nous avons entendu frapper à la porte.

- Sabrina, nous devons parler. — Vincent parle de l'autre côté de la porte.

- Levez-vous et composez-vous. Demain on parle. - Je dis à Agathe.

Agathe se lève, essuie ses larmes et quitte la pièce pour laisser entrer Vincent.

- Que s'est-il passé ici? – il entre en demandant.

- Rien que tu mérites de savoir. - Je réponds.

Il se tait et hausse les sourcils d'étonnement.

- Ce que tu veux? - Je continue.

- Nous devons régler nos affaires extérieures pour pouvoir nous marier demain. - il répond.

- Je n'ai pas d'affaires extérieures, avez-vous déjà résolu vos suçons ? - Les yeux mi-clos, je regarde son cou.

- Nous devons faire le tri. - dit-il en ignorant mon observation.

- Qu'est-ce que tu racontes?

- Nous devons décider où nous allons nous marier.

- Parlez à Agatha, j'ai besoin de dîner.

Je quitte la pièce et le laisse seul.

CHAPITRE 6

En marchant vers la salle à manger, je vois Agatha et Mika. Elle s'approche alors qu'il boit son vin. Je décide d'écouter la conversation avant d'entrer.

« - Je savais que quelqu'un était en charge de cette vengeance, mais je n'aurais jamais imaginé que c'était toi. — Mika parle.
- J'espère qu'ils vous ont dit la vérité.

- *Ils n'avaient pas à me le dire, la lettre d'Elizabeth, me disant à quel point elle avait peur de toi, m'a suffi pour savoir quel genre de monstre tu es. – Agathe parle.*

- *Le monstre que je suis ? Alors dis-moi ce que tu sais.*

- *Je sais que tu as tué mon père, Luigi. Puis il a tué ma mère, Rebecca. Et juste après ça, tu as tué ta femme juste parce qu'elle t'avait trompé avec mon père, pour te venger d'avoir eu une liaison avec ma mère.*

- *Et où vous situez-vous dans cette histoire, Agatha ?*

- *Vous avez tué mon père à cause de l'erreur de votre femme ! Ce n'était pas sa faute si elle n'avait aucune valeur ! Et maintenant tu veux contrôler la vie de Sabrina comme tu l'as fait pour sa mère.*

- *J'avoue, j'ai tué Elizabeth à cause de sa trahison, et j'ai tué Luigi. - il tousse.*

- *Alors maintenant, vous prenez le blâme. - elle rit.*

- *Je suppose. Mais vous vous trompez. - il ajoute.*

- *Je ne suis pas! Elizabeth a laissé une lettre pour moi. - elle parle.*

- *Mais tu as omis le fait que je suis ton père, pas Luigi. — Mika révèle.*

- *Menteur! - elle crie.*

- *Vous êtes-vous déjà demandé où était votre mère ? — Où est Rebecca, Agathe ? — demande-t-il furieux.*

- *Vous l'avez tuée ! — dit-elle confuse.*

- *Pas. Je l'aimais.*

- *Comment a-t-il aimé Elizabeth ?*

- *Elizabeth, je ne sais pas comment, a réussi à te manipuler pour nous détruire. - il fait une pause. « Et Rebecca t'a laissé avec moi parce qu'elle était malade et que je suis la seule famille que tu aies. - à suivre.*

- J'ai Sabrina maintenant.

- Pas pour longtemps. Je l'épouse pour que le trône et non le trône appartienne à une fille bâtarde comme toi ! - il crie.

- Avant de mourir, sache que j'ai baisé ta chère Sabrina.

- Et sachez que vous serez seul. Elle aime Vincent.

Je vois la tête de Mika tomber dans son assiette comme s'il s'était évanoui, mais je remarque que du sang coule de ses yeux encore ouverts. Une vague de froid et d'angoisse me paralyse.

Je dois sortir d'ici.

Avec beaucoup d'efforts, je cours dans ma chambre pour demander que tout cela n'était qu'un terrible cauchemar. Je n'arrive pas à croire tout ce que j'ai entendu, même pas qu'Agatha ait tué mon père.

Je monte dans ma chambre et verrouille la porte.

Il fait tout froid.

J'ai besoin de crier.

La scène n'arrête pas de se rejouer dans ma tête et je ne comprends rien.

Comment Agatha est ma sœur et a tué notre père ? Pourquoi ma mère laisserait-elle une lettre pour elle et pas pour moi ? A-t-elle profité de sa fille bâtarde pour faire le sale boulot ? Je commence à pleurer. Je n'arrive pas à croire que mes parents et ma sœur soient de tels monstres. Suis-je aussi comme ça ?

Ma tête me fait mal comme une tempête incontrôlable avec le tonnerre et les éclairs qui me dérangent. Mon corps se tortille sur le lit alors que mes yeux pleurent de manière incontrôlable et mes gémissements sont étouffés par les draps qui touchent ma peau avec colère dans une tentative de me calmer.

Je m'endors lentement quand en un instant je vois les femmes de chambre entrer dans ma chambre pour me dire que mon père a été retrouvé mort dans la salle à manger et que c'était probablement un empoisonnement, mais malheureusement elles ne savent pas qui lui a fait ça. Je suis assis sous le choc quand Vincent entre dans ma chambre.

- Laisse-nous tranquille. – il ordonne.

Je te regarde juste dans les yeux et je ne peux rien dire, je crie à l'intérieur mais personne ne peut m'entendre.

- Annulons le mariage. - il parle.

- Pour que tu l'épouses ? – sont les seuls mots qui sortent de ma bouche.

- Qu'est-ce que tu racontes? - il demande.

- Je vous ai vu faire l'amour. – Il est paralysé – Tu aurais pu baiser n'importe qui d'autre, mais tu as préféré me faire du mal en couchant avec elle.

- Non...

- Vous êtes une crapule, Vincent de Forseti. — Je l'interromps.

Je le gifle et ça le frappe carrément. Je me sens tellement en colère que je ne sais pas si c'est lui ou elle qui a tué mon père.

Je m'en vais.

- Mais je comprends. - Je parle.

- Quoi? - Dit-il et je vois du regret et de la colère dans ses yeux.

- Cette chose à propos de conquérir la princesse et de baiser avec son amie roturière. - il rit. « Ne vous inquiétez pas, elle est la plus proche de la royauté.

- Je ne sais pas pourquoi tu as réagi comme ça si nous n'avons rien.

- Je sais. - dis-je en souriant. - Mais c'est moi que tu épouses, le moins que tu fasses c'est de me respecter pas de baiser avec ma belle-soeur.

- Maintenant, c'est ta soeur.

- Tais toi! - Je me rapproche de plus en plus. – Ce n'est pas toi qui perds tout et qui doit encore sacrifier ta vie pour sauver un royaume que ton père a quitté lorsqu'il a été assassiné.

- Pardonne-moi. Il me prend la main.

- N'ose pas me toucher. - Je m'en vais.

- Sache que je ne t'épouserai que pour mon royaume. Parce que je sais comment me débarrasser des crapules comme toi.

- Sabrine...

- Sortez de ma chambre maintenant. - J'ordonne en désignant la porte.

Je veux crier qu'Agatha a tué Mika, mais je ne peux pas. Mon amour pour elle est si fort que je ne peux même pas faire ça. Mais en même temps, je dois prendre soin de mon peuple.

- Laisse-moi tranquille. - Je renforce.

- Mais qu'en est-il des funérailles de votre père ?

- Tu peux régler ça pour moi.

- Bien sûr mon amour. - il répond.

Il sort lentement de la pièce.

- Tu sais que je ne vais pas te demander de rester.

Je verrouille la porte de la chambre quand je vois qu'il est parti.

CHAPITRE SEPT

Je décide de rester 2 jours dans ma chambre. Je regarde de loin les funérailles de mon père. Je ne sais même pas si ce que je ressens pour lui est du soulagement qu'il soit parti ou de l'amour qui rend nostalgique. Je suis tellement confuse et je commence à marcher rapidement vers sa chambre que le couloir est plus froid que d'habitude.

J'ouvre la porte. La chambre sent toujours son odeur, le lit est aussi désordonné qu'il l'aurait aimé. Je m'allonge et serre ses draps et ses souvenirs d'enfance me tiennent compagnie. Je me souviens comment il chantait tous les jours jusqu'à ce que je m'endorme, puis m'emmenait dans ma chambre.

Allongée, je remarque que ses vêtements sont posés sur une énorme malle. Je me lève et marche vers lui. Je me déshabille et l'ouvre. Je trouve les robes que ma mère portait - semblables à la soie rouge que je porte - et je trouve des peintures de son visage.

- Comment puis-je ne pas me souvenir de ce sourire ? - Je me demande.

Dans le tableau, elle a les cheveux bruns détachés et porte une robe bleue coupée en forme de lettre "v".

Je prends votre tableau et en trouve un autre. Cette fois, elle porte une robe rouge, semblable à celle que je porte, mais ses cheveux sont attachés en arrière. Je me perds en analysant chaque trait de son visage.

- Princesse, pardonnez-moi. – un domestique me dérange. – Mais tu veux quelque chose ?

- Demandez-leur d'apporter toutes mes affaires ici. - Je commande.

- Mais ça...

- C'est ma chambre. – Je l'interromps. – Et c'est un ordre.

- On le fera. – dit-elle en quittant la pièce.

Je décide de rester dans la chambre à trier les robes de maman quand je trouve un collier avec les noms « Rebecca et Elizabeth » gravés sur un pendentif.

- Comme ça? - chuchotement.

- Que veux-tu dire? – J'ai peur et cache le collier entre les robes jetées par terre.

- Agathe. - Je réponds. - Pourquoi es-tu ici?

- J'ai pensé que tu aurais besoin d'une épaule amicale et j'ai décidé de te chercher, pour savoir comment tu vas. - elle me serre dans ses bras.

- Je vais bien. Je pense que la mort de mon père est la meilleure chose qui nous soit jamais arrivée.

- Sérieuse? - elle demande.

- Oui, maintenant nous pouvons être ensemble. - Je réponds.

- Pour l'instant, concentre-toi sur ton mariage avec Vincent. Ensuite, nous résolvons cela.

- Pourquoi plus tard ?

- Parce que ton père est mort et qu'il faut être discret. Elle chuchote alors que ses doigts touchent ma taille.

- Comme ça? J'embrasse légèrement son cou et mon contact sent sa peau picoter.

- Ouais. - elle répond.

Nos lèvres se touchent délicatement alors que nos langues se parlent, échangeant les secrets les plus sombres que nous ayons jamais voulu réaliser. Son baiser humide descend sur mes lèvres, longe mon cou et arrive lentement à mes seins. arrêt. Je vois ton regard me défier.

- Tais-toi. – elle ordonne.

Je reste immobile et ses doigts défont chaque dentelle de ma robe dans le dos alors que je frissonne en sentant ses lèvres effleurer mes mamelons prendre vie.

- J'ai besoin...

J'essaie de parler mais je sens ses doigts remplir l'intérieur de mon sexe, sa bouche étouffe mon cri et son autre main tient mon corps par les cheveux en gardant nos lèvres jointes. Ses caresses s'intensifient et nos langues bavardent rapidement de manière plus humide sur nos désirs.

Je lui tire les cheveux et son corps comprend que j'atteins la limite et elle s'arrête. Va-t-en.

- Pourquoi avez-vous arrêté? - Je demande.

- Parce que tu dois te souvenir que moi seul te fais jouir. - elle répond.

- C'est injuste.

- N'est pas. Si je suis à toi seul, tu dois être à moi seul.

- Maintenant tu parles de Vincent ?

- Ouais.

- Mais c'est toi qui veux que j'épouse quelqu'un d'autre ! - cri.

- Calme-toi, princesse. - elle parle.

- Sors de ma chambre. - Je commande.

Agatha se retire et je reprends le collier en reprenant mon souffle. Je me remets à analyser les tableaux et je me rends compte que dans un tableau ma mère a le même collier, dans l'autre elle n'en a pas.

Je descends dans le hall principal et trouve un tableau géant de mes parents. Dedans, la femme à côté de mon père a le collier. Mais qui serait l'autre comme elle ? Était-ce Rebecca ? Étaient-elles sœurs ?

CHAPITRE 8

Les jours passent. Je pense que les mois ont passé. Et je suis resté dans ma nouvelle chambre, quand une voix familière décide de briser le silence de mon exil.

- Sabrina, tu dois sortir de là maintenant. — est la voix de Martin.

- Vous pouvez entrer. - Je parle.

Il entre et je suis assise sur le tapis devant mon lit.

- Qu'est-ce que tu fais là par terre ? - il demande.

- Je ne sais pas.

- Vous avez l'air terrible, mais vous êtes toujours belle. - nous avons ri ensemble. « Mais je suis venu te ramener à la vie.

- Pourquoi?

- Agatha séduit Vincent et si tu ne reviens pas nous lui perdrons le royaume.

- Comme ça? je demande confus.

- Vincent m'a dit qu'il tombait amoureux d'elle. Il a supporté la situation seul pendant des mois depuis la mort de son père, mais il a besoin d'un successeur au trône pour l'aider, et pour autant que nous sachions, le trône vous appartient.

- Qu'entendez-vous par « à notre connaissance » ?

- Tu n'étais pas le seul à avoir vu le meurtre de ton père. J'étais là.

- Quoi? - Je dis peur.

"Et je ne laisserai pas une vipère comme ça épouser mon meilleur ami." - il ajoute.

- Meilleur ami, je sais... - Dis-je en le taquinant avec un sourire.

- Avec toi, je peux être honnête.

- Bon tu sais. – Je le prends entre tes mains.

- J'aime ce prince et je lui souhaite toujours le meilleur. Et je te protégerai de tout mal, et elle est l'obscurité, mais tu es la lumière qui te guidera. Besoin de toi. Il a besoin.

Martin m'aide à me ressaisir et nous descendons dans la salle principale où l'on organise les fiançailles de dernière minute entre Agatha et Vincent. Arrivés dans le hall, tous les domestiques ont arrêté leurs tâches et m'ont regardé.

- Il n'y aura pas d'engagement. Sortez tout d'ici. - J'ai commandé.

J'ai vu des sourires sur leurs visages et bientôt ils ont commencé à enlever les prétendues décorations de fiançailles. J'ai suivi Martin jusqu'à la salle de réunion du Roi. Une fois sur place, j'ouvre la porte sans hésitation.

- Qu'est-il arrivé à mon royaume ? — Je demande à Vincent et je vois de la surprise dans les yeux d'Agatha.

- Sabrine ! Vincent se lève et me fait un câlin.

Vincent a terminé. Gros cheveux, visage fatigué, cernes, chaume et mince. Beaucoup plus fin que d'habitude.

- Mon amour... - Agatha se lève.

- Épargnez-nous votre théâtre. - J'interromps son discours. — Je t'ai demandé ce qui était arrivé à mon royaume et j'attends toujours la réponse.

- Tout est dans le chaos après la mort de ton père et avec son exil je ne savais pas quoi faire. Alors j'ai demandé de l'aide à Agatha... - dit Vincent.

- L'épouser ? — Je l'interromps.

- Épouse-moi? — dit-il confus.

- Hum... tu ne savais pas.

- C'était une surprise, mon amour. - Dit-elle en souriant en touchant son épaule gauche.

- "Mon amour". Je pensais que vous respectiez au moins les accords conclus entre les royaumes. - Je dis ironiquement.

- Je le fais. — dit Vincent.

- Bon à savoir. Quittez maintenant ma chambre car j'ai rendez-vous avec l'armée du royaume.

- C'est bon. – Martin parle.

- Martin, tu restes. - Je commande.

- Et c'est ainsi qu'une prostituée prend son royaume. – Agathe parle à Vincent.

- Sortez. -Vincent répond.

Ils quittent la pièce et Martin ferme la porte.

Après la rencontre, je demande à Martin de faire savoir à Vincent de me retrouver dans le même jardin où nous nous sommes embrassés pour la première fois.

CHAPITRE 9

Le jour passe et la nuit arrive. Avec elle vient le froid et le ciel étoilé me montre que dans toute obscurité il y a toujours de la lumière.

Je suis assis sur l'herbe dans le jardin en attendant Vincent et je pense aux choses que j'ai perdues du royaume et comment j'ai presque tout perdu à cause de la stupidité d'être tombé amoureux de ma sœur.

J'étais trompé en pensant qu'elle serait à moi seul quand j'étais à lui seul.

- Est-ce que je dérange tes pensées ? – dit Vincent en s'installant à côté de moi.

- Non – je souris – tu en fais partie.

- Bien, je pensais que tu ne pensais plus à moi.

- Et je ne pensais pas qu'être absent pendant des mois révélerait à quel point tu es faible.

- Quoi? - Dit-il surpris en haussant les sourcils.

- Même pas que j'épouserais Agatha, Vincent.

Le silence. Quand je le regarde, je le vois avec la tête baissée.

- Vous l'aimez? - Je dis en sentant une douleur commençant dans ma poitrine et se propageant dans tout mon corps.

Il ne répond pas.

- J'ai posé une question. - Dis-je en élevant le ton de ma voix.

- Pas. – Dit-il avec hésitation et continue – je me sentais juste seul, j'avais besoin de quelqu'un.

- Cela ne justifie pas la triche. – Je l'interromps.

- Et ton isolement pendant des mois ne justifie pas de revenir dans ma vie comme si rien ne s'était passé et de continuer à me facturer pour quelque chose que nous n'avons jamais eu ou qui était vraiment réel. - Il dit et je vois de la colère dans ses yeux.

- Alors épousez-la.

- Je vous aime! Pourquoi ne pouvez-vous pas comprendre cela ?

- Parce que rien n'était réel pour toi, Vincent. Mais pour moi, c'était réel que je connaisse toute l'histoire derrière le théâtre que mon père a monté toutes ces années, et que j'ai grandi sans ma mère. dis-je et je m'en vais.

Il s'approche...

« J'aurais juste aimé que ce ne soit pas le cas. Je murmure en le regardant dans les yeux et des larmes coulent des miennes.

Je peux voir le vide que ton regard transmet au mien. Le silence domine l'air et nos battements de cœur résonnent à travers nos corps, se connectant dans l'union de nos mains.

Vincent relie doucement nos lèvres et pose une main sur mon cou. Casser. Nous nous sommes juste regardés comme si nos âmes parlaient, le seul son maintenant est notre respiration qui est en rythme.

Il baisse la tête et la relève alors qu'il touche son menton pour que nos lèvres se touchent. Sa main remonte jusqu'à mes cheveux alors que le rythme de notre baiser s'intensifie. Avec mes cheveux dans ses mains, il tire ma tête sur le côté et embrasse mon cou.

- Tourner autour. - il parle.

Je me retourne, sens son corps toucher le mien lentement. Ses mains trouvent mes hanches et s'adaptent aux siennes, me permettant de sentir son érection.

- Tu te souviens quand on s'est rencontré pour la première fois ? – me demande-t-il à l'oreille.

Je secoue la tête en signalant un oui.

Il place un autre baiser dans mon cou, cette fois plus humide et je sens sa langue toucher ma peau. Ses lèvres remontent lentement jusqu'à l'arrière de mon cou. Avec un léger baiser, je sens sa langue toucher mon oreille puis une légère morsure libère une énergie qui me rend excité au point de frissonner chaque centimètre de mon corps me faisant demander que la tienne s'adapte au mien.

Je lui fais face, soulève le tissu fin de ma jupe et m'assieds sur ses genoux pour que ses mains trouvent mes hanches, me permettant de sentir la force de son toucher...

- Je veux. Sentir. Tu. Je murmure lentement à son oreille.

CHAPITRE 10

Vincent me couche sur l'herbe, se positionne entre mes jambes et déchire le buste de ma robe. Ses lèvres touchent mon cou dans un baiser humide et descendent doucement mon corps jusqu'à mes seins.

Ils se trouvent par votre main et votre langue qui oscillent entre un toucher fort et excitant et un baiser humide qui les rend raides. Il me fait supplier pour que ses lèvres restent là, en faisant des mouvements circulaires qui me laissent en extase.

Sa bouche parcourt mon corps laissant des marques de désir qui à chaque contact me donnent envie de hurler. Il passe alors ses ongles entre mes cuisses et je sens un frisson instantané. Mon sexe est humide et demande ton toucher. Il le touche et l'embrasse.

Son baiser est intense et précis me faisant gémir entre mes respirations haletantes. Sa langue monte et descend lentement et ma main va à ses cheveux tandis que l'autre trouve son bras qui agrippe ma hanche.

Je veux crier. J'ai l'impression d'atteindre ma limite. Je lui tire les cheveux et ses lèvres intensifient les mouvements. Je sens que je vais jouir et il s'arrête.

Il se met à genoux, enlève sa chemise, ouvre son pantalon et je peux voir son érection. Je m'assieds et décide de la toucher. C'est gros et raide. Mon instinct bouge ma bouche pour goûter. Il grogne et attrape mes cheveux par la nuque.

Mes lèvres touchent son membre humide et ma langue parcourt le périmètre initial en mouvements circulaires. Vincent me tire les cheveux et pousse un peu ma tête vers le bas. Son sexe traverse le toit de ma bouche et j'entends ses gémissements.

- Plus rapide. - il parle.

Je le suce avec précaution, mais intensément. Sa hanche me demande de le sucer plus fort puis je frotte mes lèvres de haut en bas, le serrant un peu plus vite. Je répète les mouvements en écoutant ses gémissements.

En accélérant les mouvements, il retire mes lèvres de son sexe et m'embrasse.

Je m'allonge lentement alors que nos yeux sont fixés l'un sur l'autre. Je sens son érection parcourir mon sexe, me remplir petit à petit tandis que je le sens briser les barrières à l'intérieur et je gratte sa poitrine dans un geste pour le faire bouger plus lentement.

Ton corps comprend le signal et recule un peu, ne bougeant qu'à l'intérieur de la partie initiale de mon sexe.

- Est-ce que c'est bon? – me chuchote-t-il à l'oreille en se déplaçant d'avant en arrière, me faisant gémir.

Ses mouvements s'accélèrent progressivement, et je sens ses hanches rouler et il dit :

- Je ne suis toujours pas tout à l'intérieur de toi. – ces mots me chatouillent chaque centimètre de ma peau.

Mon corps perd le contrôle. Mes jambes s'enroulent autour de tes hanches, mes ongles s'enfoncent dans ton dos et mes lèvres rencontrent les tiennes.

Je le sens me pénétrer profondément et à chaque poussée mon corps perd le contrôle, c'est comme si mon corps était le tien.

Je ne peux pas contrôler mes gémissements, pas même les égratignures sur son dos, je me laisse juste emporter par l'instinct et me permets de sentir le désir me remplir de plus en plus.

Intensifiant le rythme rapide de ses mouvements, mon corps s'adoucit. Vincent supporte le poids de son corps d'une main et attrape mes cheveux de bas en haut jusqu'à la nuque de l'autre main.

Sa langue erre sur mes seins durs, et son corps rejoint le mien alors qu'il gémit.

- Sabrina... - Il prononce mon nom entre son souffle haletant et ses gémissements.

Ses coups de reins s'accélèrent, notre respiration est maintenant hachée par les gémissements étouffés par la rencontre de nos langues.

- Vincent... - Je l'appelle et je sens que j'atteins ma limite.

Je tire ses cheveux à l'arrière de son cou, le rythme de ses mouvements s'accélère et je le sens me remplir de son sperme alors qu'il me pénètre une dernière fois me faisant jouir.

CHAPITRE *11*

C'est le matin. Le soleil brille et il touche ma peau comme un baiser chaleureux de n'importe quel après-midi. Je reste dans le jardin et mets ce qui reste de ma robe.

-Vista – Vincent me tend sa chemise.

- Ce n'est pas nécessaire. - Je parle.

- Votre robe est détruite.

Quand je m'arrête pour me regarder, je vois que ma robe est toute déchirée et que mes seins se montrent involontairement. Je mets ma chemise et nous continuons à marcher vers le château. Nous avons levé les yeux vers le ciel alors que nos mains restaient jointes, connectées.

En arrivant, nous sommes accueillis par Agatha et Martin.

- Tout est prêt. - elle aile.

- Tout ce que? Je demande.

- Le mariage, votre altesse. – Martin prend la parole.

- Comme ça?

- Agatha voulait une chance de se racheter et elle a donc décidé d'organiser notre mariage comme vous l'aimez… - Je vois un sourire sur son visage et il continue – je leur ai demandé de tout arranger pendant notre absence.

- Mais ne t'inquiète pas ma princesse, c'est tout simple comme tu l'aimes. - elle parle.

- Maintenant je ne suis plus la prostituée qui reconquiert le royaume.

- Sabrina ! – Martin me gronde.

- Puis-je choisir ma robe ? Je demande.

- La robe est déjà dans ta chambre. J'ai pensé que tu aimerais porter ce que ta mère portait quand elle a épousé ton père. – Je sens une vague de colère parcourir mon corps lorsqu'elle mentionne mes parents, mais je reste silencieux. Je souris juste.

Vincent m'accompagne jusqu'à ma chambre...

- Qu'allons-nous faire d'Agatha ? Je demande.

- Je pensais que tout allait bien. - il répond.

- N'est pas. – Je parle d'une voix altérée – Elle a tué mon père et ne restera pas impunie.

- Pourquoi tu ne me l'as pas dit avant ? – demande-t-il furieux.

- J'avais peur. - Je réponds.

- De la perdre. Il prend une profonde inspiration et m'embrasse subtilement. - Je me débrouillerai.

- Elle est ma soeur...

- Martin m'a raconté cette partie, mais j'ai besoin que tu te concentres sur aujourd'hui, ce jour heureux pour nous deux. C'est ce que ton père voulait et c'est ce que nous voulons. – il m'interrompt.

Il quitte la pièce.

Je décide de prendre une douche et de changer de vêtements. La robe de ma mère est blanche, longue, avec des détails sur les manches, tissu aussi fin et léger que de la soie, avec une encolure en V simple et des épaules nues. Rien qui ne vous fasse perdre la délicatesse de vos mouvements et les courbes de votre corps.

Les heures passent, le soleil se couche et le temps est venu. Je décide d'aller chez Vincent. Je remarque qu'il y a un chemin de bougies sur le sol qui me guide du château à l'endroit où ils ont décidé d'organiser le mariage.

Je marche lentement de peur de brûler ma robe.

Le chemin m'emmène à la fontaine du château et je sens une main prendre mon bras.

- tu es arrivé. - une voix féminine.

Je me retourne rapidement et vois Agatha. Elle porte une robe noire et une de ses mains est derrière son dos. Je ressens un frisson et, à côté, la mort sera représentée par Agatha.

- Ce que tu veux? - Je dis et donne un laissez-passer pour me distancer.

- Le royaume sera à moi. - elle parle.

- Qu'est-ce que tu racontes?

- Il ne t'a jamais aimé. Tout cela en faisait partie ici.

- Vous mentez - dis-je. — il ne me ferait jamais ça.

- Mon enfant, tu es très naïf de penser qu'il t'aimera vraiment un jour. Il ne t'a jamais aimé ! Réveillez-vous! Elle hurle en s'approchant et je me fige.

Sans hésitation, il enfonce un poignard dans mon ventre et je sursaute. Elle me tient dans ses bras et me pose lentement sur le sol alors que nos regards se croisent.

- Mon amour. — elle me lisse les cheveux et s'approche de mon visage pendant que j'agonise — tout cela n'était qu'une farce.

- Pas. Il était. dis-je en sentant du sang sortir de ma bouche.

- Qui vous assure qu'il n'est pas là en train de vous regarder mourir ?

Je crie en essayant de me lever, mais tout ce que je peux faire, c'est gémir.

- Chut - dit-elle en touchant mes lèvres. - Il ne sert à rien. Tu mourras sans savoir si Vincent t'aimait vraiment.

- Mika s'est occupé de vous. Comment as-tu pu nous faire ça ? je demande en perdant presque la voix.

- Il a pris soin de moi par culpabilité. Tout comme Vincent t'a baisé par pitié. dit-elle et laisse échapper un rire. « Vous ne comprenez pas que tout est une question d'échange de faveurs.

- Ils m'aiment, pas toi. - Je parle très bas.

- De cela, vous ne serez jamais sûre, princesse. Bien que je ne t'ai jamais aimé, j'étais toujours à toi seul, mais tu n'étais pas seulement à moi.

Le doute qui s'installe en moi fait plus mal que n'importe quelle blessure. Le simple fait d'imaginer que Vincent aurait pu m'utiliser pour compléter le plan d'Agatha et avoir son propre royaume est dévastateur.

Agatha sort le poignard et j'ai l'impression que mon sang est inondé, et mes yeux se ferment lentement alors que je la regarde me regarder mourir en silence.

ÉPILOGUE

Laissé dans le froid pour mourir saignant, je me demande ce qu'est l'amour. Si tel était vraiment mon destin : perdre ma couronne et mon royaume au profit d'une sœur meurtrière et d'un prince voyou qui ne m'ont utilisé que pour obtenir ce qu'il voulait.

Je n'arrive pas à comprendre comment j'étais lié à deux personnes si différentes, mais d'une manière ou d'une autre, elles étaient pareilles.

L'amour n'était pas censé être comme ça. Froid, lent, angoissant et douloureux. Où les seules personnes que j'appellerais à l'aide m'ont tué. Me détruisant lentement d'abord avec des mensonges, puis laissant des marques sur mon corps.

Et le pire était de n'avoir rien remarqué de ce qu'ils faisaient. Un instant j'ai cru que Vincent m'aimait, mais j'ai réalisé que je n'étais qu'enchanté par ce que son corps était capable de me faire ressentir. Ou est-ce ce que je veux croire pour soulager la douleur de la trahison. Soulager l'angoisse d'avoir choisi les mauvaises personnes avec lesquelles s'identifier.

Je continue à saigner, mon corps me signale qu'il est fatigué, mais je ne peux que m'interroger sur le destin que j'ai choisi. J'ai juste fait des choix simples.

Et je me pose à nouveau des questions sur l'amour...

Il peut y en avoir plusieurs types, mais quel genre d'amour est-ce que je ressens quand je réalise qu'une mer de sang inonde mon corps pour tenter de survivre. Alors je me perds dans les limbes des souvenirs des baisers, des attouchements, des frissons qui m'aidaient à dormir...

Et ferme les yeux.

MERCI

Je remercie tous mes amis et ma famille qui ne m'ont jamais permis d'abandonner l'écriture et la publication de mon premier livre, et surtout Dieu, l'univers et/ou le destin d'avoir mis des gens aussi incroyables dans ma vie.

Les remerciements sont brefs, mais la gratitude est éternelle.

Avec tout mon amour,
Cathy Martins

A PROPOS DE L'AUTEUR

CATHY MARTINS

Ana Catarina Menezes Martins de Oliveira est originaire de Sergipe, diplômée en Lettres - Hab. Anglais à l'Université de Tiradentes, il est actuellement étudiant en secrétariat exécutif à l'Université fédérale de Sergipe dans le domaine des sciences sociales appliquées.

Elle est l'auteure de la page "Naufrágio em Alto Amar" sur les réseaux sociaux Facebook et Instagram

(@naufragioemaltoamar) où elle publie des textes, de la poésie, des poèmes et des compositions d'auteurs.

Son écriture s'inspire de la vie, des sentiments et des gens (connus ou non).

Sa première publication fut le texte « A Tua Partida » dans la 2e éd. de la Revue Intransitiva (UFRJ). Il a récemment lancé une chaîne YouTube où il publie ses propres chansons.

Et travaille sur des projets d'auteurs tels que le premier livre de poésie, de suspense, de drame et de romance ; et joue également dans des compositions musicales.

CONTACTEZ

E-mail: cathy.martins@outlook.com

Instagram :@anacathym